La sirène du marais

les ti'm

Illustrations : Anne-Cécile BOUTARD
Textes : Sophie DARL'MAT

À Charlotte, ma petite sirène…
S. D.

Comme tous les matins, Ti samba s'est réveillée, une chanson aux lèvres.

Il y a de quoi être joyeuse et impatiente...
Aujourd'hui, toute la classe part découvrir
les marais de Kaw.

Pour certains, c'est le premier séjour
loin de papa et de maman.

Pour les Ti'm, c'est une nouvelle aventure !
Ils ne connaissent pas cette partie sauvage
de la Guyane et ont hâte de la découvrir
avec leur maîtresse, Madame Janvion.

À travers la forêt
majestueuse, le car
roule en direction de
Kaw. « Oh ! regarde
Ti yiyi, un tamarin ! »,
s'exclame Ti kouèt.

« Et moi, j'ai vu un coq de roche
dans un arbre au bord de
la route », ajoute Ti saka.
Les enfants n'en reviennent pas
de voir autant d'animaux.

« La montagne de Kaw
et les marais ont servi
de refuge aux animaux et
aux plantes face aux
hommes », explique
la maîtresse.
Voilà pourquoi
on y trouve une grande
variété d'oiseaux et
parfois des espèces
en voie de disparition,
comme le caïman noir. »

« Vous savez, les enfants, les marais de Kaw
n'ont pas toujours été un endroit sauvage,
ajoute-t-elle. Vous seriez surpris d'apprendre
qu'au XVIIIe siècle, des colons s'étaient
installés le long de la rivière Kaw et
sur les rives de l'Approuage pour cultiver
la canne, le roucou, le café et
le cacao dans des habitations.
L'activité de la région a pris fin avec
l'abolition de l'esclavage en 1848. »
« Maintenant, la nature a repris ses droits »,
lance Ti zouk.
« Et oui, répond Madame Janvion.
Les enfants, nous arrivons !
Tout le monde descend ! »

La canne à sucre

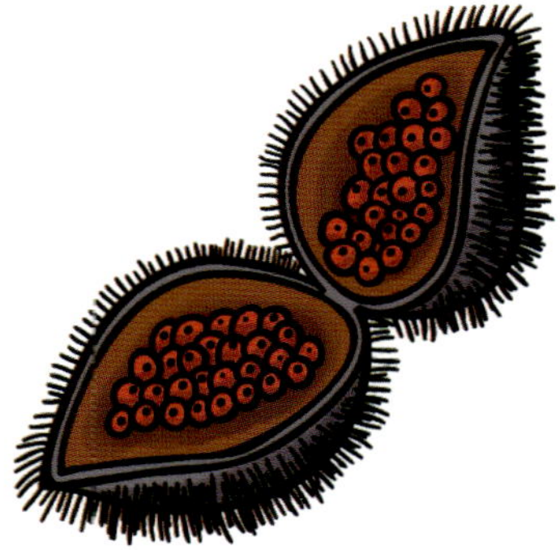

Le roucou

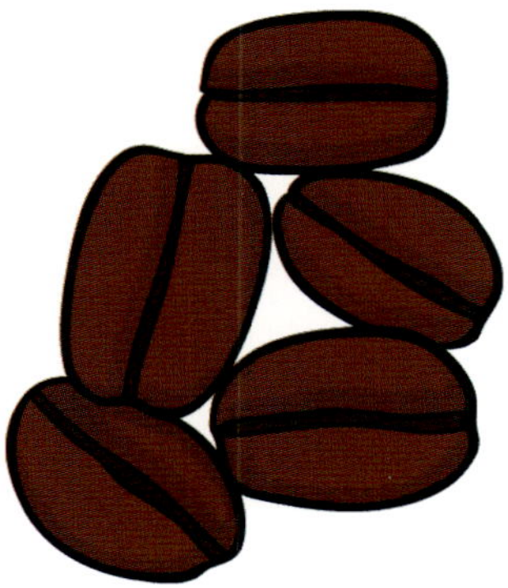

Le café

Le cacao

À l’arrivée au débarcadère de Kaw,
les enfants sont éblouis par la beauté
et le calme des marais.

Devant un tel spectacle,
Ti samba se remet à chantonner.
Intrigué par cette voix mélodieuse,
un lamantin s'approche discrètement
de la berge. Il tombe immédiatement
sous le charme de Ti samba.

Le programme de la classe des Ti'm est
chargé : visite du bourg de Kaw et
expédition nocturne dans les marais.
Toute la classe rejoint le village en pirogue.

Quel accueil chaleureux ! Tout le village est là pour souhaiter la bienvenue aux Ti'm et à leurs copains.

Ce soir, les petits Cayennais dorment chez l'habitant. Chaque famille est venue chercher son invité.

« Vous avez bien voyagé ? »
« Vous n'êtes pas trop fatigués ? »

« On a l'impression d'être à la maison », dit Ti zouk en souriant.

La nuit tombe, les enfants se mettent à table pour le dîner. Au menu : atipa en sauce. « Mais c'est quoi l'atipa ? », demande Ti yiyi. Ti saka, qui connaît pourtant bien tous les poissons de Guyane, n'a jamais rien vu de pareil. « Les amis, regardez, on dirait qu'il a une carapace. C'est un poisson préhistorique ! »

« C'est exact, répond la maîtresse. Il peut aussi mar... ». Soudain, la conversation est interrompue par une longue plainte.

Pas le temps de se poser des questions.
Les caïmans attendent les Ti'm
dans les marais.

Profitant du calme de la nuit,
Madame Janvion reprend la parole :
« Les enfants, les marais de Kaw ne vous ont pas encore livré tous leurs secrets..., confie-t-elle malicieusement. Savez-vous qu'ici vivent des lamantins, les animaux qui ont donné vie à la légende des sirènes ? »
« Ah bon, pourquoi ? », demande Ti zouk.

« Parce que leurs chants envoûtants et leurs formes faisaient perdre la tête aux marins qui les prenaient pour des femmes » précise-t-elle.
« J'aimerais bien en voir un », soupire Ti samba.

Il n’en fallait pas plus pour que les Ti’m décident de partir à la recherche de cet animal rare et étrange.

À la proue de la pirogue, Ti samba encourage les rameurs de sa voix chaude. Ti saka admire le paysage noyé dans la brume du matin.
« Où allons-nous trouver cette drôle de bête ? », s'interroge-t-il.

... leva meu carta
pra mi namorado !
ele nao é fraile...

« Regardez là-bas, l'oiseau avec une crête ! », s'exclame soudain Ti kimbé en apercevant un hoazin. Ti zouk éclate de rire.

« Ici, les animaux sont tous plus étonnants les uns que les autres. »

Le cacique cul-jaune

Le martin-pêcheur

L’anhinga

Le jacana

Les Ti’m continuent leur navigation
au milieu des canaux…
« Tu as raison, Ti saka. Les marais sont
immenses, nous ne trouverons jamais
ce lamantin », soupire Ti zouk.
« Ti zouk, la maîtresse nous a raconté des
histoires. Il ne faut pas toujours croire ce que
disent les grands », dit Ti kouèt.
« Non, elle ne ferait jamais ça ! », affirme
avec force Ti zouk.

Songeur, il continue à ramer en rythme
sans se rentre compte que l'embarcation
des Ti'm est suivie.

... nao homen casado
é rapaz solteiro
lindo como um cravo

« Les amis, chantez avec moi au lieu de vous disputer », suggère Ti samba.

Les Ti'm mêlent leurs voix dans une chanson entraînante. Les marais se font l'écho de cette bonne humeur.
N’y tenant plus, le lamantin sort de l'eau et se met à chanter comme dans la légende.
« Ooooh ! s’exclament les enfants, c’était toi l’autre nuit ? Tu nous as fait peur, tu sais ! Bienvenue dans la chorale des Ti’m. »

Ti saka ramène tout le monde sur la terre ferme. « Il est temps de rentrer.
Le car va partir sans nous pour Cayenne.
Dépêchons-nous ! »

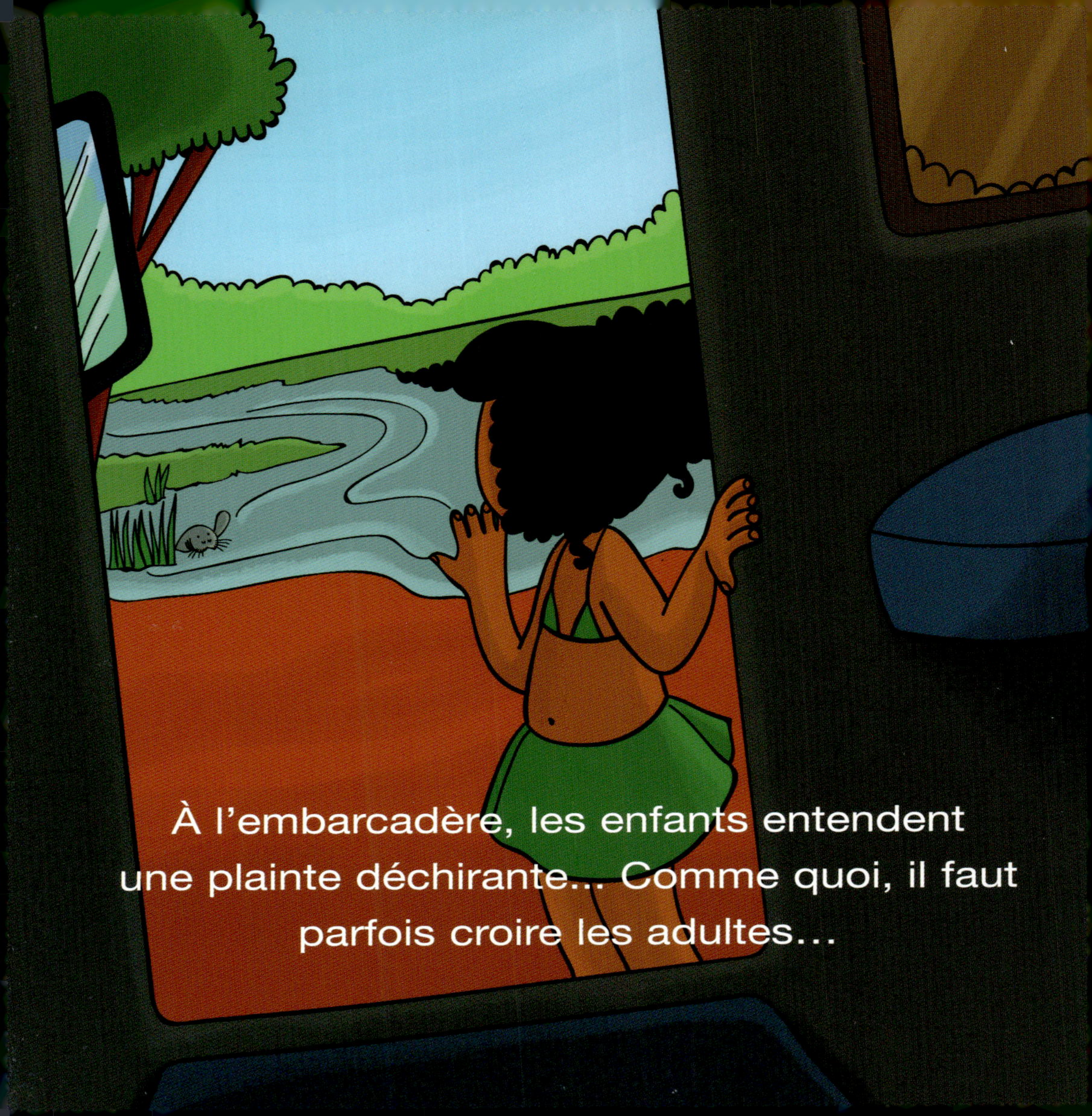

À l’embarcadère, les enfants entendent une plainte déchirante... Comme quoi, il faut parfois croire les adultes...

ti lexique

- **Les marais de Kaw** : avec leurs 94 700 hectares, les marais de Kaw sont la troisième plus grande réserve naturelle de France. Ils sont situés à 80 km au sud-est de Cayenne et délimités à l'ouest par le fleuve Mahury et à l'est par l'estuaire de l'Approuage. Cette plaine marécageuse abrite 200 espèces d'oiseaux.

- **Le lamantin** : mammifère marin aux lointaines formes féminines, le lamantin est associé à la légende des sirènes. Discret, solitaire et indépendant, il aime nager dans les eaux opaques où il se nourrit d'herbes.

- **Le roucou** : fruit de l'arbuste du même nom. Les graines de roucou peuvent servir d'aromates, de crème solaire naturelle et d'antimoustique.

- **Le zébu** : bœuf domestique élevé dans les pays chauds pour son lait, sa viande et son cuir.

- **Le tamarin** : petit singe des forêts tropicales, qui se nourrit d'insectes, de fruits et de nectar. Il existe 12 espèces de tamarins.

- **L'atipa** : poisson-chat recouvert d'écailles et doté de 2 espèces de pattes qui lui permettent de se déplacer « à petits pas », d'où son nom créole.

- **L'hoazin** : grand oiseau (62-70 cm) arboricole à la huppe hérissée, qui vit en groupe dans les espaces marécageux où se trouve la plante dont il se nourrit, le moucou-moucou.

Comptine brésilienne

Papagaio loiro
de bico dorado
leva meu carta
pra mi namorado !
ele nao é fraile
nao homen casado
é rapaz solteiro
lindo como um cravo !

Perroquet d'or
au bec doré
apporte cette lettre
à mon fiancé !
il n'est pas moine
ni marié,
mais jeune, célibataire,
et beau comme un œillet !